Y. 5192.

R14.

Ye

1633

POËME

SUR LA MORT

DE ZÉLIME,

EN TROIS CHANTS.

M. DCC. LXIV.

POËME
SUR LA MORT
DE ZÉLIME.

CHANT PREMIER.

Ous le masque imposant d'une sincere estime,

L'Envie, auprès de l'aimable ZÉLIME,

Avoit le cœur rongé du désespoir secret

De n'oser sur cette Mortelle,

A découvert, lancer le moindre trait.

C'en étoit déja trop, que ZÉLIME fût belle;

A

Que les Graces pour elle euffent quitté Vénus ;
Que de divers talens par Apollon dotée,
Des neuf fçavantes Sœurs elle fût adoptée ;
   Z É L I M E avoit, entre mille vertus,
  De la candeur, une ame généreufe,
    Un cœur tendre, franc, délicat,
Qui d'un feul fentiment qui la rendoit heureufe ,
   Loin des grandeurs & de l'éclat,
   Se fût nourri dans le filence :
   Un cœur, qui de la confiance,
De la pure amitié, faifoit bien plus de cas ,
   Que du faftueux étalage,
   Du flatteur & fincere hommage
   Que l'on rendoit à fes appas.

  Q U E de motifs pour exciter l'envie ?
   Ainfi cette baffe ennemie
De tous ceux que le Ciel comble de fes faveurs ;
Qui du bonheur d'autrui gémit, verfe des pleurs ,
   En proie au dépit, à la rage ,
  Se précipite au ténébreux manoir ;
  Et n'écoutant que fon feul défefpoir ,

A la fiere Atropos elle tient ce langage :

» Toi, qui difpofes en tes mains
» Des jours des malheureux Humains,
» Miniftre du Deftin, inéxorable Parque,
» Qui du même cifeau, dans le même moment,
» Rends égaux, dans le monument,
» Et le Sujet & le Monarque ;
» Je t'implore aujourd'hui, daigne écouter mes vœux,
» Ma Sœur ! car tu dois me connoître,
» A toutes deux l'Érêbe a donné l'être ;
» Ma Sœur ! adoucis, tu le peux,
» L'affreufe rage qui m'anime :
» Prends pour ta premiere victime
» Un Objet . . . . je frémis de fon feul fouvenir :
» Sa beauté, fes talens, fes graces font un crime
» Que je ne faurois trop punir.
» Tout à mes yeux le condamne & l'accufe :
» En me vengeant, venge-toi des Mortels ;
» Renverfe leur Idole, & brife les Autels
» Qu'on lui dreffe, & qu'on te refufe.
» Non, l'Univers ne pourra voir

A ij

» Frapper une Tête fi belle ;

» Sans prendre une terreur nouvelle

» De ton implacable pouvoir.

E L L E dit : Atropos avoit déja fu lire

Dans le fond de fon cœur, & d'un cruel fourire

    Applaudiffoit à ce deffein.

Cependant, fes cifeaux entr'ouverts dans fa main,

    Pour un moment, immobiles refterent.

Combien touchoient, alors, à leur derniere fin,

    Qui par ce hazard l'éviterent,

Et dont on fit honneur à l'Art du Médecin !

» J E ne puis te fervir, lui répondit la Parque ;

» Mon pouvoir ne va point à raccourcir les jours

    » D'aucun Mortel ; je n'en tranche le cours

    » Qu'au feul inftant que le Deftin me marque.

» Mais le Styx peut ici feconder tes tranfports,

    » Vas parcourir fes fombres bords ;

    » Vas-y pomper fur fon onde infernale,

    » Cette vapeur empeftée & fatale,

    » Germe fécond des maux divers,

» Que le courroux des Dieux répand fur l'Univers.

» Puis franchiffant les noirs abîmes ;
» Tu pourras, à ton gré, nous choifir des victimes,
» Et fur la terre… mais… c'eft affez… tu m'entends…
» Si tu veux te venger, profite des inftans.

A u finiftre avis que lui donne
La cruelle Divinité,
L'Envie auffi-tôt s'abandonne,
Et fuit d'un pas précipité,
Pour remplir le projet que fa fureur médite,
Le cours du Styx & du Cocyte.

C o m m e on voit s'élever du centre des fourneaux
Où l'airain enflâmé, bouillonne,
Des nuages épais d'efprits arfénicaux,
Dont la feule odeur empoifonne :
Ainfi de fes gouffres profonds,
Le Styx vomit par tourbillons,
Mêlés de pâles étincelles,
Des vapeurs cent fois plus mortelles.

Enveloppé de ces mêmes vapeurs,
Avec plus de plaifir, le monftre les refpire,
Que Flore, le parfum des fleurs,

Qu'en nos champs émaillés lui préfente Zéphire.

Mais bientôt vers la terre il fe fraye un chemin :

La Vengeance le guide, & le rend plus agile ,

   Tel que paroît un dangereux reptile ,

Enflé, dans fa fureur, de fon propre venin ;

      Ainfi , fans le voile magique

      Qui le cachoit à tous les yeux ,

   On eût pû voir, à la clarté des Cieux,

Le Démon de l'Envie, au corps toujours étique,

Plus hâve, plus livide, & prêt d'être accablé ,

Sous l'effort des poifons, dont il étoit gonflé.

Fin du Chant premier.

CHANT SECOND.

PRÈS d'un Fleuve connu, dont les ondes tranquiles,
  Coulant fur un fable doré,
  Sous un Ciel toujours tempéré,
Arrofent lentement mille vallons fertiles;
Fleuve, plus fier de voir fur fes bords enchantés,
  Paris, la Reine des Cités,
Que le Nil autrefois, de ces Villes fameufes,
  De ces fuperbes Monumens
  Détruits par l'outrage des temps,
  Qui décoroient fes rives limoneufes.
L'Art & le Dieu du goût bâtirent un Château,
  Retraite agréable & champêtre;
  Mais qui ne tient ce qu'elle a de plus beau,
  Que des regards de fon augufte Maître.
  Le plus clément & le meilleur des Rois,
  Moins le Souverain que le Pere,
D'un Peuple fortuné, qui l'aime & le révere,
  Vient s'y délaffer quelquefois.

C'eſt-là qu'il dépoſe le poids
De la contrainte & du faſte du Thrône,
Des ſoucis toujours renaiſſans
Sous les rayons de la Couronne,
Et de l'ennui des Courtiſans.
Dans ce nombre, il eſt vrai, je ne dois pas comprendre
Ceux dont l'attachement & la fidélité
Du Souverain ont mérité
Qu'il daigne de ſon rang dans leur cercle deſcendre,
Et n'y jetter qu'un regard de bonté.
C'eſt dans ces lieux, enfin, que le Prince reſpire;
Qu'il y jouit, ſans oublier l'Empire,
Du calme précieux de cette douce paix,
Qu'au faîte des grandeurs on ne goûta jamais.

LÀ , près de lui, la charmante Z É L I M E
Avoit conduit les Graces, les Amours,
La Vérité, la Bonne-Foi, l'Eſtime,
Divinités qu'on voit peu dans les Cours;
Et même l'Amitié fidelle,
Qui, timide, n'oſoit s'y montrer qu'avec elle:
Tant cette ſage Déïté,

Qui

Qui dans fes nœuds cherche l'égalité,

Difficilement fympathife

Avec le rang des Souverains,

Tandis que le Ciel favorife

De fes douceurs, le dernier des humains.

Dans ce féjour vient fe cacher l'Envie;

Elle en bannit les plaifirs, le repos :

Du Défefpoir, de la Haine fuivie,

C'eft ici qu'elle doit terminer fes complots.

Près de ZÉLIME, invifible, elle exhale,

Parmi les parfums & les fleurs,

Ce poifon inconnu, ces funeftes vapeurs,

Qu'elle apportoit de la rive infernale.

ZÉLIME, à peine a refpiré

Ce fouffle impur, que fon fang altéré,

Bientôt fe corrompt dans fa maffe;

D'une vifqueufe humeur le poumon s'embarraffe;

Il perd par l'âcreté d'un fulphureux ferment,

Son élaftique mouvement.

Le feu, dans fes veines s'allume;

L'ardente fiévre la confume,

B

Et plus par ſes redoublemens
Elle s'irrite, & moins on peut l'éteindre ;
    Tout enfin déſormais fait craindre,
Que ZÉLIME ne touche à ſes derniers momens.

L'ASTRE qui brille au milieu des étoiles,
Celui qui dans le jour fait l'ornement des Cieux,
    S'éclipſent, ſe couvrent de voiles,
Refuſent leur lumiere à ce crime odieux.
    A Choiſy tout eſt en allarmes :
Les Graces, les Plaiſirs, les Muſes ſont en larmes ;
    En ſecret l'Amitié gémit ;
Déja la Confiance avec elle médite
D'abandonner ces lieux, & de prendre la fuite :
    Mais de fureur l'Amour frémit.
Et TOI, de cet Objet digne & ſenſible Frere,
    Quelle fut ta douleur amere !
    Les maux que dès-lors tu ſouffrois
Sont aujourd'hui garants de tes regrets.

PRE's du Dieu de Cythère, enfin, tout ſe raſſemble ;
    On y voit arriver enſemble
Et l'Eſtime publique, & la ſage Thémis.

ZÉLIME n'eut jamais fi grand nombre d'Amis.

Malgré les efforts de l'Envie ,

Malgré les difcours infenfés

De fa fille la Calomnie ,

On voit les Peuples empreffés ,

S'intéreffer au fort d'une fi belle vie.

CEPENDANT le mal s'augmentoit ;

Tout redoubloit l'inquiétude :

De fon Art plein d'incertitude ,

De plus en plus la Faculté doutoit.

Sur les fymptômes , fur la caufe,

Dans de jaloux débats , l'un à l'autre s'oppofe ;

Tous font de contraires avis.

Qui croire ? quels feront fuivis ?

Dernier fléau de l'humaine Nature !

On peut pefer à poids égal ,

Tant leur fcience eft hafardeufe , obfcure ,

Souvent le remede & le mal.

DANS tous les yeux la trifteffe étoit peinte ;

A la montrer nul ne fe contraignoit ;

Quand , faifant un effort , la Crainte

B ij

Rompt le silence qui regnoit;
Et, d'une voix tremblante, adresse
Ces mots, à l'Amour éploré:

» F I L S de Vénus, qui des Dieux révéré,
  » Par ta puissance enchanteresse,
» Sçus amollir le cœur de celui des Enfers;
    » Toi, qui ne connois point d'obstacles,
    » Pour opérer dans l'Univers,
» Et même dans les Cieux, les plus rares miracles;
    » Nous mettons en toi notre espoir:
    » Tout parle en faveur de Z É L I M E;
    » Vois le zèle qui nous anime;
» Et, pour le seconder, signale ton pouvoir.
  » Près du Destin hâte-toi de te rendre;
    » De lui seul tu pourras apprendre
» Le sort de cet Objet, qui cause nos regrets;
    » Et peut-être pourras-tu même,
  » Faire changer la volonté suprême
    » De ses immuables décrets.
    » Qui sut forcer l'Enfer à rendre
    » Plus d'une Belle à son Amant,

» Sûr du fuccès, peut tenter hardiment,
» Ce que les autres Dieux n'oferoient entreprendre.

L'A m o u r rougit : cet intrépide Dieu,
Qui peut braver les flots, & les vents, & le feu,
　　Quand fa propre gloire l'engage
　　A fecourir une Beauté,
　　A-t-il befoin que fon courage
　　Par la crainte foit excité ?
　　De ce difcours l'Amour touché,
　　Se leve, & d'un vol plus rapide
　　Qu'un trait de fon arc décoché,
　　Suit le mouvement qui le guide ;
Mais déja d'un coup d'œil, dans le plus haut des airs,
　　Il embraffe tout l'Univers.

Fin du Chant fecond.

CHANT TROISIÉME.

AU-DESSUS du vaste Empirée,
Séjour brillant des Immortels,
Où régne une lumiere éternelle, épurée,
Et dont les fragiles Mortels
Ne peuvent obtenir l'entrée
Que par l'appui de la vertu,
Est un espace, aux Dieux même inconnu.
Il n'offre à leurs regards qu'un immense nuage,
Dont les ombres s'épaississants,
N'ont aux rayons les plus perçants
Jamais laissé s'ouvrir aucun passage.

DANS le centre profond de son obscurité
Est du Destin le Temple inébranlable ;
Par son essence inconcevable,
De là, cette Divinité
Voit tout, rien n'échappe à sa vue ;
Comme le sort des Nations,
La moindre de nos actions

Par elle eft fixée & prévue.

Elle voit le préfent, & lit dans l'avenir.

Tout à fes yeux fans ceffe fe retrace :

De fon fidéle fouvenir,

Jamais le paffé ne s'efface.

S u r des tables de diamants,

D'un caractere ineffaçable,

Sont gravés de fa main les grands Événements,

Dont l'effet eft irrévocable.

Jupiter ne peut les fçavoir,

Si le Deftin ne daigne l'en inftruire ;

Et ce Maître des Dieux, malgré tout fon pouvoir,

Lui-même eft forcé d'y foufcrire.

S u r les confins de cette région

L'Amour impatient arrive ;

Une fubite émotion

Le trouble malgré lui, rend fon ame craintive :

Trifte & fatal preffentiment !

Eh ! quoi ? ce Dieu tremble, foupire !

Ne feroit-ce qu'un mouvement

Du timide refpect que le Deftin infpire ?

De fon flambeau, l'Amour en vain
Veut ranimer la mourante lumiere ;
Il ne peut éclairer cette obfcure barriere ,
Ni fe frayer aucun chemin.
Le Deftin l'apperçoit ; d'une voix formidable ,
» Amour , dit-il , ouvre les yeux ;
» Vois que ce féjour eft aux Dieux
» Mille fois plus impénétrable ,
» Que le trifte Empire des Morts ;
» Ainfi, pour m'approcher , tu fais de vains efforts.
» Mais j'ai prévu le fujet qui t'amene ,
» Je vais te dévoiler les Auteurs de ta peine.
» La noire Envie a féduit Atropos ,
» Et , contre les jours de Z É L I M E ,
» Formé de funeftes complots :
» Sur fon auteur retombera le crime ;
» Il ne fera qu'aggraver fes tourmens.
» L'Envie, à fa fureur doit demeurer en proie.
» Pour Zélime...Mais... pars...c'eft refter trop long-tems.
» J'en dis affez. L'Amour comblé de joie ,
En fa faveur a l'art d'interpréter

Ce

Ce que le Deſtin viendra dire.
Un Dieu, comme un mortel, ſe plaît à ſe flatter
Sur ce qu'ardemment il déſire.
Ainſi l'Amour, auſſi prompt que l'éclair,
Prend ſon vol, s'élance & fend l'air.

Saisis d'horreur & de triſteſſe,
Prêts d'être engloutis dans les flots,
Comme on voit chez les Matelots
Briller une vive alégreſſe,
Lorſque les feux ſacrés des deux Freres jumeaux,
Apparoiſſant pendant l'orage,
Sont le favorable préſage
Du calme qui va naître & diſſiper leurs maux;
Quand, dans les plaines azurées,
Le flambeau de l'Amour vint s'offrir aux regards,
Étincelant de toutes parts,
Si dignes d'être révérées,
Les Graces, l'Amitié, les Muſes & Thémis
Furent auſſitôt raſſurées;
Et tous ceux que Zélime avoit près d'elle admis,
Augurant un heureux meſſage,

C

En voyant l'immortel Enfant
Près d'elle arriver triomphant ;
Lui rendent un nouvel hommage ;
Tandis que le premier, le plus cher des mortels,
Fait prodiguer l'encens fur fes Autels.

QUEL bonheur, en effet! quelle métamorphofe !
Le feu de la fiévre s'éteint ;
ZÉLIME eft fans douleur, & bientôt fur fon teint
On efpere revoir & le lys & la rofe.
Mais quel faux efpoir les féduit !
O calme dangereux ! ô Soleil qui fe leve
Pour annoncer une éternelle nuit !
De l'infernal poifon, un refte de la féve,
Qu'aucun reméde n'a détruit,
Se ranime avec violence,
Répand fur tout le corps fes funeftes effets.
Dans tous les cœurs, à l'efpérance
Succedent de nouveaux & de plus vifs regrets.

TELLE fouvent une feule étincelle,
Après un incendie, éclate en un moment,
Se communique & renouvelle

Un plus terrible embrasement.

PAR les efforts redoublés de l'Envie,
  ZÉLIME, enfin. . . . Dieux ! tirons le rideau ;
Et des derniers momens d'une si belle vie ,
  N'offrons point l'effrayant tableau.
Mais pourquoi ? Son exemple est digne qu'on l'imite.
  L'ame calme, le front serein ,
  Tout ce qui peut flater l'orgueil humain,
  ZÉLIME le voit & le quitte.
  Plaisirs, fortune, éclat de la grandeur,
  Ce n'est point vous qu'elle regrette !
Un tendre sentiment qui régne dans son cœur
  Lui cause seul une peine secrette.
Quelque tems à ses maux il la fit résister ,
Et . . . sans l'approfondir , il faut le respecter.

SI Socrate eût joui d'un égal avantage ,
S'il eût fallu quitter un aussi brillant sort ,
  Socrate , peut-être , à sa mort
  Eût-il montré moins de courage.

  TU triomphes , monstre hideux ,
                                    C ij

Tu triomphes, perfide Envie !

Crois-tu que d'un fuccès heureux

Ta vengeance fera fuivie ?

Non, tu voudras féduire en vain

Un cœur fûr qui régnoit ZÉLIME :

Rien n'en peut effacer les traces de ton crime;

Et contre un bouclier d'airain,

Qu'oppofera fans ceffe une main redoutable,

Tu verras, frémiffant & de honte & d'effroi,

Les traits lancés par ta fille coupable,

Repouffés fûr elle & fûr toi.

Vous, dont ZÉLIME accrut la gloire,

Graces, Amours, filles du Mont Sacré,

Qu'un monument par vos mains confacré

En éternife la mémoire.

Mais quand fûr fon tombeau vous répandez des fleurs,

A vos regrets que les nôtres s'uniffent,

Je le vois arrofé des pleurs

De mille infortunés qui de fa mort gémiffent *

---

* ZÉLIME faifoit de grandes charités, tant au Fauxbourg Saint Honoré,
qu'ailleurs.

Ils perdent en Zélime un secourable appui.
  Où trouveront-ils aujourd'hui
  Une autre main qui les soulage ,
Une ame qui toujours sensible à leurs malheurs,
  Et les répare & les partage ?
Zélime , s'il se peut, pénétrez dans ces cœurs
  Qu'enflâme la reconnoissance :
 Les larmes sont la seule récompense
  Des dons que vous versiez sur eux ;
  Mais quelle est digne de vous plaire ?
  C'est celle qu'un grand cœur préfére
  Aux éloges les plus pompeux.

Loin de vous, inconnu, sans espoir , sans attente,
  Tandis que, du sein des grandeurs,
 Sur mille ingrats , votre main bienfaisante,
 De toutes parts dispensoit ses faveurs :
J'ai gardé le silence , & ma Muse prudente
N'a point mêlé sa voix à celle des flateurs :
  Mais aujourd'hui qu'avec vous tout s'abîme,
  Graces, talens, crédit, fortune, honneurs,
  Malgré l'envie & ses clameurs,

Je rends hommage à votre ombre, ZÉLIME :
   De votre Urne j'ofe approcher.
   Eft-ce l'intérêt qui m'anime ?
   Pourroit-on me le reprocher ?
Non, j'unis mes regrets à ceux d'un Peuple immenfe,
   Qui fe flatoit de la douce efpérance
     De voir, par vos foins généreux,
     Renaître des temps plus heureux,
     Renouveller le Miniftere
     Et de Colbert, & de Sully,
     En renverfant ce qu'aujourd'hui
   La Brigue peut oppofer de contraire
     Au zéle ardent de L'AVERDY.

F I N.

www.ingramcontent.com/pod-product-compliance
Lightning Source LLC
Chambersburg PA
CBHW070302220626
46818CB00018B/2025